Awarded Novels

长青藤国际大奖小说书系

月亮 Enterrer la lune
照耀的地方

〔加〕安德烈·普兰 著
〔印〕索纳莉·祖赫拉 绘
张雨婷 译

晨光出版社

我将这本书献给安热勒女士，
感谢她为提升印度女性的生活质量而做出的伟大奉献，
以及她付出的心血和热情。
安热勒女士的经历是我创作本书的灵感之一。

世界上有三件事是不能长久隐藏的：
太阳、月亮和真相。

一间厕所的力量

　　你知道吗，自2013年起，联合国把每年的11月19日定为世界厕所日。或许你会觉得匪夷所思：厕所也需要纪念？难道全世界的高级领导人都要坐在议事厅，像讨论贸易、科技、战争等重要议题那样，就厕所这么羞于启齿的话题大谈特谈吗？

　　如果你确实存有这样的疑惑，那真该读一读这本书，这也是加拿大儿童文学作家安德烈·普兰创作这部作品的初衷。作为一位有着十多年国际工作经验的儿童文学作家，普兰常借文学之笔向孩子们讲述一些他们知之甚少但确实存在且非常重要的问题，这本《月亮照耀的地方》就将话题聚焦到了我们生活中习以为常的厕所上面。

　　作者将故事背景拉到遥远的印度小村庄，在那里——

　　女孩拉缇卡生活的村庄没有厕所，所有女性只能等到夜深时到田野里上厕所——而现实中，全世界有一半以上的人生活的地方没有厕所，这是多么触目惊心。

在拉缇卡生活的村庄，没有人愿意谈论"厕所"这个羞于启齿的话题，可拉缇卡的外婆久病不起，是因在野外如厕时被蝎子蜇了一下；拉缇卡的舅母整日以泪洗面，是因儿子感染寄生虫不治早夭；拉缇卡的姐姐被迫辍学，是因她迎来初潮而学校里没有厕所——普兰用拉缇卡的故事将厕所在现实生活中的重要性展现在我们面前，她让我们看到，厕所环境和人们的健康状况、人身安全、受教育权利是多么息息相关。

故事中，女孩拉缇卡愤恨月亮，只因月光明亮，把黑夜中这些女性的羞耻和隐痛毫无遮掩地暴露出来，甚至由此产生了埋葬月亮的想法。拉缇卡也确实这么做了，但她埋葬的不是月亮，而是沉默和怯懦。从此，这个勇敢的乡村女孩面对所爱之人的悲伤与痛苦，不再迷茫和束手无策。她放下羞耻，挺身而出，向政府派来的代表说出了长久以来被人为忽视的需求——村里需要一间厕所。当村子里终于盖起厕所，拉缇卡不再想埋葬月亮，因为她知道，从此以后，外婆会渐渐好起来，姐姐和自己不必担心辍学，村子里的孩子们都能够健健康康长大，而明亮的月亮可以见证这一切向好的转变。

在故事之外，印度插画家索纳莉·祖赫拉也调动起久别的童年体验，用饱蘸着个人情感的画笔，为这部诗体小说创作出色彩浓郁、充满生命力和异域风情的精彩插画，让我们得以触碰到拉缇卡的心酸与愤怒，见证着她的突破与成长。

通过阅读《月亮照耀的地方》这本书，我们能够在熟悉的身边事物中感受到与每个人息息相关的责任，学会将宏大的社会议题拆解为一个个触手可及的小变化并行动起来。而它更高明的地方在于，绝不只是讲述一间乡村厕所的建立，还让我们看到千千万万如拉缇卡一样的女孩从此拥有了平等与尊严，走向了更辉煌的未来，而那个更动人的故事，现在才刚刚开始。

目 录
Contents

到羞耻之地去 1

埋葬月亮 7

淹没嫉妒 12

脆弱与强大 19

悲伤难以释怀 21

触碰快乐 24

一切都变了 28

当心灵被愤怒占据 30

常常和从不 35

让时间静止 37

眼带笑意的陌生人 42

摘下月亮 50

嫉妒心又冒了出来 53

宁愿化身为一只山羊 58

愚蠢的问题 60

只不过是一块口香糖…… 62

工程师，是…… 68

等待着，伺机而动 71

思考有力的说辞 75

沉默令人心碎 79

在干草堆下…… 82

恐惧 90

恐惧渐渐消散 93

为欢乐起舞 96

庆祝结束 101

将要遭受怎样的惩罚？ 104

破碎的计划 107

树上的蝴蝶结 110

为了冉吉妮 114

犹豫·一 116

为了外婆 117

犹豫·二 118

为了舅母尼塔 *119*

犹豫·三 *122*

为了埋葬月亮 *123*

在干草堆下 *127*

那个村里的男人都不会去的地方…… *129*

为了将羞耻埋葬 *131*

两人分享一块口香糖 *134*

水稻生长，小鸡也在长大…… *139*

红色的大卡车又来了 *142*

请接受我诚挚的钦佩之心 *148*

赶走羞耻 *150*

和月亮做朋友 *152*

世界上有许多地方没有厕所，这是一个严峻的问题 154

到羞耻之地去

高高的夜空中
繁星密布，
　一轮月亮
圆圆的，
　　散发出
金色的光芒，
　　它默默地观察着
　　　一个愤怒的
　　　　小女孩。

女孩名叫拉缇卡，
她仰着头，
眉头紧皱，
脸上露出
不满的神情，
直勾勾地
瞪着月亮。

每个晚上，
拉缇卡都希望
暗夜将自己
层层包围。
沉寂的
黑夜，
浓重的
黑夜，
伸手不见五指的
黑夜。

她希望

有这样一个夜晚，

　　没有月亮，

　　没有一丁点儿光亮。

每个晚上，

拉缇卡小跑着

跟在

　　姐姐、

　　妈妈、

　　女邻居们的身后。

她紧紧地

　　跟随着其他女性，

　　走在一条小径上。

　　沉默地

　　　　前往

　　　　　　羞耻之地，

　　　　　　　　那里寸草不生。

每个晚上，

所有的女人和女孩

　　都要前往

　　羞耻之地。

只在夜晚。

　　白天她们从不去那里。

从村口

　　　　到这片荒芜之地，

　　　　　　　　一路上

　　　　只有这群身影

静静地蹲走在这沙地。

所有的女人和女孩

全都低着头，

脚边的纱丽[1]

微微翻起。

她们紧张地

---

[1] 纱丽：印度女性的服装，一般用整段棉布或丝绸包头裹身
　　或披肩裹身。——译者注

环视四周，不敢放过

丁点儿

危险的气息。

她们蹲走着。

沉默着。

既不看彼此，

也不抬头看月亮。

　这些女人和女孩，

　只是尽其所能

　　做她们必须要做的事。

埋葬月亮

拉缇卡的妈妈紧张起来，

她低声说：

"快！

赶紧跟上！"

拉缇卡的姐姐

一脸不耐烦，

忍不住叹息。

随后，姐姐冉吉妮嚷道：

"总是要等你！"

拉缇卡沮丧地叹了口气，
嘴上抗议：
"我在努力，
　尽快赶上。

"但是，
　我的
　肚子
　不听话。"

拉缇卡讨厌
　这样小声地
　嘀嘀咕咕。
　她想要的
　　是大声地
　　将一切喊出。

"喊出",
这个词听起来
　　多么果断，
这个词听起来
　　多么不容置疑。
她多么想
对着月亮
　　喊出不敬之语。

月亮竟然如此厚颜无耻，
　　照得她们蹲走的样子
　　　　　　清晰可见。

月亮竟然如此厚颜无耻，
　　　　照得拉缇卡
　　　　无处藏匿。

每个夜晚，

来到羞耻之地，

拉缇卡

　只有一个想法、

　　一个愿望：

　　　　将月亮埋葬。

淹没嫉妒

每个清晨，
拉缇卡拎一个空荡荡的水桶，
　　　　　去河边。
每个清晨，
拉缇卡从河边
　　提回盛得满当当的水桶。

回程时，她总是走得很慢，

高昂着头，

直挺着背。

不然一旦打翻水桶，

 她就白忙一场，

  通通都要重来。

每个清晨，

拉缇卡都要早早出门，

   抓紧时间，

    来到河边。

虽然时间紧急，

但她总会

 绕远路。

因为路绕得越远，

她就越能

 避开男孩，

  不惹麻烦。

那些男孩

没有烦恼，

一天到晚

总在玩耍。

那些男孩

　　都是

　淘气鬼。

他们既不必

　拿空荡荡的水桶，

也不必

　提满当当的水桶。

从来都不必。

那些男孩

　　自由自在，

　　从来不必

躲躲藏藏。

从来不必
心存怯意，
　　从来不必
前往羞耻之地。

每个清晨，
去往河边的路上，
　　嫉妒
　　　　深深
　　　　　刺痛着拉缇卡。
这种刺痛
　　威力堪比
　　　　被蜜蜂蜇。

河水涌动，
　　拉缇卡将水桶
浸入水中。

16

河水涌动，

　　拉缇卡情愿

将嫉妒

　　淹没在流水中，

但她

　　难以如愿。

脆弱与强大

拉缇卡急匆匆地
将水送到
　外婆家。

她的外婆
几乎从不下床，
　今天也一样。
　外婆发烧了。

尽管身体虚弱，

难以起身，

外婆也从不吝于露出笑容。

即使生着病，

外婆仍记得道声"谢谢"。

拉缇卡觉得

　　　外婆

柔弱却勇敢，

脆弱却强大。

悲伤难以释怀

上一秒，拉缇卡面对的是外婆的笑容。

下一秒，拉缇卡转身，

看到的是尼塔舅母的眼泪。

拉缇卡将水桶交给舅母，

她没有安慰舅母，

也安慰不了舅母。

尼塔舅母

总在流泪，

从白天哭到夜晚，

从夜晚哭到白天。

一看到拉缇卡，
尼塔舅母便开口说道：
　　"我希望儿子在身边，
　　我希望贾马尔在身边……"

好几个月
　　以来，
尼塔舅母一再重复着
　这令人难过的话语，
　这无法实现的愿望。

"我希望儿子在身边，
　我希望贾马尔在身边……"

拉缇卡将打来的河水
　　倒进尼塔舅母家的
　　　水缸。

小女孩轻声地说着
　　温柔的话语，
　　抚慰人心的话语。

可尼塔舅母

　　既听不到，

　　也听不进去。

无法被安慰的人，

　　失去了倾听的能力。

触碰快乐

每一天
　　拉缇卡都会跑去
　　学校。

在学校，
拉缇卡忘记了外婆的病痛，

$1 \times 6 =$	$6 \times 6 =$	$11 \times 6 =$
$2 \times 6 =$	$7 \times 6 =$	$12 \times 6 =$
$3 \times 6 =$	$8 \times 6 =$	$13 \times 6 =$
$4 \times 6 =$	$9 \times 6 =$	$14 \times 6 =$
$5 \times 6 =$	$10 \times 6 =$	$15 \times 6 =$

忘记了尼塔舅母的眼泪，

忘记了月亮，

忘记了羞耻。

拉缇卡自信而快活，

她背出世界上许多国家的首都：

贝鲁特、

北京、

波哥大、

布琼布拉。

拉缇卡自信而快活，

她背出：

$9 \times 6 = 54$

$10 \times 6 = 60$

$11 \times 6 = 66$

全神贯注，
　　手握铅笔，
拉缇卡在笔记本上抄下
甘地的传奇故事。
　　他曾走过
　　四百公里，
只为从大海中
　　收集到盐。

在课堂上，拉缇卡常常
　　　　露出笑容。

实际上，
　她几乎
　时刻都在笑！

在课堂上，拉缇卡喜欢

去探索，

去学习，

去理解。

在课堂上，拉缇卡

有时会觉得

自己触碰到了

快乐。

一切都变了

拉缇卡的姐姐
　　也一样。
她同样喜欢
　　去探索，
　　去学习，
　　去理解。

在学校，冉吉妮
　　　　　总能
　　取得高分。

但现在，
不，拉缇卡应该说——
　　　　　　　从前。
从前，冉吉妮喜欢学习。
从前，冉吉妮总能取得高分。

然而，现在

一切都变了。

几个星期以来，

冉吉妮不再

　　　　学习，

　　　　不再

　　　　去上学。

在拉缇卡的姐姐

　　年满12岁的那一天，

一切都变了。

一切。

当心灵被愤怒占据

从前
拉缇卡和冉吉妮一起
编织篮子的时候，
　　她们会唱歌，
　　　　开玩笑，
　　　　　　玩闹。

因为有欢笑，

有玩闹，

两姐妹

　　忘记了

劳作的辛苦。

她们在欢乐中

编出的篮子

　　因此

越发漂亮。

然而，那是从前。

现在，

一切都变了。

在巴达拉姆，

　即将

　　成为女人的

　女孩们，

　　不再被允许

　　　去上学。

年满12岁的那一天，
冉吉妮激烈抗议，
　　大发脾气，
　　呜咽哭泣，
　　苦苦哀求。

然而，毫无用处。
她的父亲一直重复着：
　　"不行！
　　不行！
　　不行！
现在，你已经长大，
　　成为女人。
这个年纪，
　再去上学
　　不合适。"

从此以后，

冉吉妮不再聊天，

　　不再唱歌，

　　不再微笑。

从此以后，

冉吉妮编织篮子时，

　　　沉默不语。

从此以后，

冉吉妮会抬起脚，

踢向

　路上的小鸡，

踢向

　路上的山羊，

踢向

　路上的尘土，

　仿佛连尘土

　也将她羞辱。

从此以后，

　愤怒

占据了
冉吉妮的
心灵。

"不合适……"
不合适？
拉缇卡不明白
这个词的意义。
但是，拉缇卡知道，
为什么
学校的大门
不再对
12岁以上的女孩
敞开。

那是因为
羞耻。

常常和从不

在学校，
拉缇卡常常
口渴。

常常
口干
唇燥。

但在学校，拉缇卡从不喝水。
从不。
哪怕一滴，
哪怕酷热难耐。
从不。

一旦喝了水，
　　她就需要
去那个小小的角落。

而在巴达拉姆的学校里，
　　没有
　　那个小小的角落，
也没有
　　12岁以上的
　　　　女孩。

让时间静止

拉缇卡知道，12岁时
　　女孩
　　　就长成为
　　女人。

拉缇卡清楚地
观察到
　　　冉吉妮的身体
　　　发生了变化。

拉缇卡知道，12岁时
　　　　　　女孩
　　　就可以当妈妈了。

在课堂上，
拉缇卡感受到了快乐。
在学校，
她观察，
　学习，
　理解。

拉缇卡希望
时间可以静止，
这样她就永远
　　　永远
　　　不会长到12岁。

时间静止，
她就永远都是小女孩，
永远可以去上学。

眼带笑意的陌生人

这个清晨，

　　拉缇卡不用干苦活儿，

　　不用去打水。

巴达拉姆的村长

　　向所有人下了命令。

一旦他下令，

　　所有人

　　都要服从。

大榕树枝叶阴翳，

　　人们齐聚在那里。

这棵百年大榕树

　　正迎接一个从城里来的陌生人。

　　他伫立在树影下，

　　显然刚刚到来。

村民们悄声议论，
　　　　翘首以盼。

人群中散发出犹疑的气息，
他们既激动，
　　　　又不安。

对巴达拉姆这个小村庄来说，
　　接下来的消息
　　是好，
　　还是坏？

巴达拉姆的村长昂首挺胸，
好似法官，
他庄重而严肃地宣布：
　　"今天能够接待萨米尔先生，
　　　我感到万分荣幸。
　　　萨米尔先生
　　　是政府派来的重要代表。"

拉缇卡着迷地观察着，

     陌生人。

在村子里，

从来没有人

 会戴

蝴蝶结领结。

而且，拉缇卡从未见过

一个人微笑时，

  嘴角像他那样

    扬起，

  目光像他那样

    含笑！

萨米尔先生向大家挥手致意：

  "政府想帮忙建设你们的村落。

  我来就为听取大家的意见。

  你们希望巴达拉姆怎样发展呢？"

拉缇卡想要为这位
　　令人眼前一亮的
　　萨米尔先生鼓掌，
　　为他友好的声音
　　　　和他
　　含笑的目光。

拉缇卡想要为这位
　　令人惊奇的
　　萨米尔先生鼓掌。

感谢他来到这里……

倾听大家的声音！

他不像巴达拉姆的村长，

永远都在下命令：

"听我说！

都听我说！"

男人们希望巴达拉姆
接上电，
女人们希望巴达拉姆
有口井，
男孩们希望打板球，
而女孩们什么都没有要。

拉缇卡急得直在原地跺脚，
她在妈妈的耳边
　　低语。

　"不行！
　不行！
　不行！"
　　妈妈一边说，
　　　一边摇头。

　"我们不能提这种要求！
尤其不能跟
政府派来的重要代表说！

更别说这位绅士，

　　　那样优雅，

还戴着蝴蝶结领结！"

拉缇卡握紧双拳，

抑制怒火。

当一个人想要

　为某些重要的事情发声，

　　为那些

　　没有人愿意站出来说的重要事情发声时，

　　保持沉默，是多么痛苦、多么艰难。

摘下月亮

傍晚，吃完晚餐，
　　拉缇卡和冉吉妮
　　编起了篮子。
拉缇卡用干草茎
戳了戳冉吉妮。
　"别闹了！"冉吉妮说。
看到姐姐的脸上
　　没有笑容，
　　拉缇卡严肃地
　　　开口了。

　"冉吉妮，我有个想法……"
姐姐没有说话。
拉缇卡接着说：

"咱们让那个政府派来的重要代表

　　去看看羞耻之地怎么样？

　　如果咱们跟他说一说，

　　如果咱们问问他可不可以……"

冉吉妮停下手中编篮子的动作，

恼怒地叹了一口气，说道：

"他才不会听。

　　就算会听，

　　他也不会懂。

　　你根本不可能有机会

　　　　把月亮从天上摘下来。"

嫉妒心又冒了出来

对拉缇卡来说，
　　去努帕布拉姆参观
　　令人开心
　　　同时又
　　让人难受。

开心的是什么呢？
首先，在去努帕布拉姆的路上，
大家一直在
　　　谈天说地，
　　　兴致勃勃。
有时候，虽然只有很少的时候，
　　　　拉缇卡的妈妈
　　　其至还会轻轻地
　　　　哼起歌来。

开心的是什么呢?
努帕布拉姆的市场
热闹非凡，五彩缤纷，
　　　　　香气四溢。
女人们高声畅谈，
　　　　欢声笑语。

难受的又是什么呢?
努帕布拉姆的市场，
熙来攘往，却很少有人愿意
　以合理的价格购买
　　　拉缇卡和姐姐
　　　耗费几个小时
　　　　　编织的
　　　　　　篮子。

但对拉缇卡来说，
最令她难受
最难以自抑的
　是在努帕布拉姆

嫉妒之心又一次冒出头来，

　　将她深深地刺痛。

　　　这种刺痛感

　　　　威力堪比

　　　　　被蜜蜂蜇。

在每次经过

　　当地学校的

　　　时候。

在努帕布拉姆

　　学校里的

长凳上，

　　坐着许多女孩，

　　　她们已然

　　　　不止

　　　　12岁。

宁愿化身为一只山羊

有那么几天，
　　拉缇卡想要
　　　变成一只山羊。

这很疯狂。
她知道。

但是山羊，
　　对月亮
　　　　不
　　　　　　屑
　　　　　　　一
　　　　　　　　顾。

愚蠢的问题

三天后，
萨米尔先生再次来到
　　巴达拉姆。
　　这一次，他还带来了另一个从城里来的生面孔。

村长又像法官一样
庄重地宣布：
　　"这是一位工程师。"

不假思索，
没有一丝犹豫，
拉缇卡大胆地问道：
　　"工程师是做什么的？"

60

村长的回答令人刺痛，

　　像一记耳光打在拉缇卡的脸上：

　　"别问这么愚蠢的问题！"

拉缇卡紧握双拳，

　　　强压着怒火。

她不知道

　　自己该

　　生谁的气。

　　生村长的气吗？

　　　因为他说自己的问题很愚蠢。

还是生老师的气呢？

　　　因为老师说过，

　　　世界上没有愚蠢的问题。

只不过是
一块口香糖……

萨米尔先生

　　和

城里来的工程师

　　在村子里走来走去，丈量土地，

　　想要找到最合适的地点

　　　　为村子挖一口井。

一大群孩子跟在他们身后。

大多是小孩子。

大多是男孩子。

拉缇卡年纪没那么小。

拉缇卡不是男孩子。

但她勇敢地

　　远远地

　　跟着

　　从城里来的陌生人。

村长专横得

　　如同武装齐全的司令官，

　　　　他羞愤交加，

　　　　试图赶走

　　　　兴奋的孩子们。

萨米尔先生笑了笑，说道：

"由他们去吧！

我喜欢孩子，

尤其是好奇心强的孩子！"

他们绕完了村子，

萨米尔先生摘下了

　　蝴蝶结领结，

　　从卡车上

　　　取出一个球，

　　和男孩子们

　　　玩起了板球。

村长瞪大了双眼，
　　显然大吃一惊。

看到政府派来的重要代表
被兴奋的孩子们团团围住，
撞来撞去，
他目瞪口呆。

蓬头垢面，
灰头土脸，
政府派来的重要代表
在丢球的那一刻，
好似一个小男孩
　　笑得一脸灿烂。

好客的大榕树
以浓荫遮蔽日光，
拉缇卡在树下看着
　　　男孩们玩闹。

她也想加入，
但到底没有。

球赛结束，
萨米尔先生向孩子们分发
　　一块又一块
　　口香糖。

男孩们欢呼雀跃，
　　　蹦蹦跳跳，
　　激动地叫嚷：
　"哇！太棒了！"

拉缇卡喃喃抱怨：
"又不是
　钻石项链，
只不过是
　一块
　口香糖。
　什么也算不上。"

又一次，

　　嫉妒悄然降临，

　　深深刺痛着拉缇卡。

　　这种刺痛感

　　　　　威力堪比

　　被蜜蜂蜇。

工程师，是……

突然，拉缇卡被吓了一跳。
因为萨米尔先生正朝着
　　大榕树走来，
　　　　直直地
　　　　向着她
　　　　　走来！

拉缇卡简直不敢相信自己的双眼。

萨米尔先生
　　拿出
　　　一块口香糖，
　　　　　递给拉缇卡。

拉缇卡

　待在

　　原地，

　　　一动

　　　　不动。

萨米尔先生

　此刻

就站在拉缇卡眼前。

拉缇卡可以

　更清晰地看见

　　他笑起来时

　　扬起的嘴角

　　　和

　那含笑的双眼。

萨米尔先生开口说：

"工程师，就是建造

　　有用之物的人。"

拉缇卡终于不再呆愣在原地。

她接过

萨米尔先生递来的口香糖，

轻声说：

"谢谢。"

不过，拉缇卡并不是

　为了口香糖

　　而表达感谢。

等待着，伺机而动

第二天，

萨米尔先生又一次来到巴达拉姆。

这一次，他乘坐着一辆红色卡车。

那卡车，如一座小山般巨大。

村里的男人们

从卡车上卸下：

一台钻井机、

几十袋水泥

和几十根长长的银管子。

这一切都是为了给巴达拉姆

打一口水井。

拉缇卡在工地附近闲逛，

想要寻找最佳时机

接近萨米尔先生，

只为告诉他

一些重要的事情，

那些大家羞于启齿的事情。

拉缇卡等待着

伺机而动；

等待着，

伺机而动。

萨米尔先生

不知疲倦，

好似一只工蚁
在工地上忙碌。
　　　　萨米尔先生
　一丝不苟，热情澎湃，
一边指挥，一边鼓励着
　　辛苦劳动的工人们。

拉缇卡的耐心
　一点点耗尽，
　她心烦意乱，
　跺起了脚。
她能和萨米尔先生
　　　　说上话吗？

午休时分，
好客的大榕树
　　　以浓荫遮蔽日光，
工人们胃口大开，
　　　在树荫下
　吞咽着咖喱饭。

拉缇卡悄悄地躲过人们的视线，
　来到了那辆
　像一座小山的
　　巨大卡车旁。
她轻轻地、轻轻地
　打开了车门。

女孩
　手脚并用，
　悄悄地
　爬上卡车台阶，
　　来到
　　　车座旁。

等待结束一天劳动的
萨米尔先生
回到卡车上，
拉缇卡就
　可以和他
　　谈谈了。

思考有力的说辞

躲在卡车里的
　这个下午
　　漫长、
　　　炎热，
　　　　仿佛无穷无尽，
拉缇卡等待着，
伺机而动。

她等待着，
伺机而动。

为了忘记炎热，
忘记口渴，
拉缇卡转而思考起
　　该说些什么。

她思考着

　　　那些有力的词语，

　　　那些动人的词语，

　　思考着

　　　用怎样的说辞

同萨米尔先生讲那些重要的事情，

　　那些大家羞于启齿的事情。

几个小时过去，

　　卡车的车门

　　　终于开了。

拉缇卡看到了一个穿着白衬衫的身影，

　　却没有看到

　　萨米尔先生的笑容。

她看到了

　　城里来的工程师目瞪口呆的模样，

还有他身后

　　村长

　　那因愤怒而涨红的脸庞。

村长就像

一只被激怒的公鸡，

激动地挥舞着双臂，

大吼大叫。

拉缇卡被吓坏了，

　　她连滚带爬地

　　　　冲下卡车，

　　　　　　逃离现场。

　　　　　　　　身后还不断传来

　　　　　　　　　村长的怒吼声。

沉默令人心碎

外婆安睡着。
　拉缇卡躲在外婆的床后，
双手环抱膝盖，
　蜷成一团。

拉缇卡蜷缩着，
　紧闭双眼，
　紧握双拳。
起码过了
　　二十分钟，
　　她才渐渐
　　止住颤抖。

是的。

没有。

　　没有拳打，

　　没有脚踢，

　　没有棍棒击打。

拉缇卡没有遭遇任何暴力。

然而，

是的，

拉缇卡的

　　心

　碎了。

拉缇卡的心碎了，

　因为她没能

　同萨米尔先生说上话，

　没能将那些重要的事情，

　那些大家都羞于启齿的事情，

　告诉他。

对拉缇卡来说，

　　被迫保持沉默

　　比遭遇暴力

　　　　更令人心碎。

在干草堆下……

女人们又来到了
　　羞耻之地。
男人们酣然入梦，
家禽打起盹儿来，
整个巴达拉姆
　　都已沉寂，
　　就连狗儿们
也都昏昏欲睡。

只有拉缇卡难以入眠。
杂乱的思绪在她的脑海中翻涌：
　　水井……
　　　　冉吉妮的怒火……
　　　　　还有她自己
　　　　　　对羞耻之地的
　　　　　　　恨意。

拉缇卡不声不响地起身。

她在村子中奔跑，

一直跑到了工地，

　　那里的水井已经挖到了一半。

是夜，

月亮不再圆圆的，

　如黄色的大圆盘，

它弯弯的，

　像一根香蕉。

然而……

月亮依旧明朗，

依然散发着

金色的光芒，

将工地的场景照亮。

拉缇卡仰起头，
眉头紧皱，
　满脸
　　愠怒，
　　直勾勾地
　　瞪着月亮，
　　为它散发出的
　　　残酷光芒。

拉缇卡等待着，
伺机而动；
等待着，
伺机而动。

突然！
终于！
一片云团飘来，
　带来了拉缇卡
　渴望已久的黑暗。
终于！

月亮的光芒

    被遮住了。

终于！

只余一片黑暗！

拉缇卡蹦跳着

    奔向工地。

她抓起一把镐头，

随后飞快

    逃离现场。

拉缇卡将镐头

    藏在一垛干草堆下，

接着

    又迅速

    跑回工地。

她又拿起

    两块长长的

    木板，

一只胳膊下

夹一块，
再次逃离现场。

在远处
　　另一垛干草堆下
　　　　她藏起
　　自己的战利品。
尽管筋疲力尽，
但她自豪无比，
拉缇卡终于心满意足地
　　　　上床睡觉。
这么久以来，
　她第一次
　　带着笑容
　　进入梦乡。

恐　惧

第二天晚上，
拉缇卡再次
　　悄悄
潜入黑夜。

又一次，
　　拉缇卡等着
　　男人们酣然入梦，
　　家禽打起盹儿来，
　　狗儿们昏昏欲睡。

整个巴达拉姆陷入沉寂，
拉缇卡不声不响地起身。

手里拿着镐头，

拉缇卡静静地

　　　悄悄地来到

　　　羞耻之地。

高高的夜空中

繁星密布，

　月亮

　　一如往昔，散发出金色之光，

　　　默默地注视着

　　　　一个惊恐的

　　　　　小女孩。

拉缇卡颤抖起来。

是因为寒冷？

还是因为恐惧？

抑或是二者皆有？

没错……

拉缇卡心怀恐惧。

她怕蛇，

怕蝎子，

但她

更怕人，

怕那些想要阻止她的人……

不，绝不……

拉缇卡不会就此停下。

恐惧渐渐消散

起初，
　　最开始的那几下
　　是最困难的。

渐渐地，拉缇卡的身体
　　变得温暖。
渐渐地，拉缇卡
　　不再颤抖。

渐渐地，
　　拉缇卡挖的洞越来越大。
渐渐地，
　　恐惧一点点消散。

在羞耻之地，
　　拉缇卡低声重复着
　　　萨米尔先生说过的话：
　"工程师，是建造
有用之物的人。"

拉缇卡仰起头，
眉头紧皱，
瞪着仿佛在嘲笑自己的月亮，
轻声却坚定地说：
　"我是一个工程师！"

为欢乐起舞

好了，水井挖成了，
　　水泵安好了！

这一天，巴达拉姆
　　　　有流水了。
这一天，巴达拉姆
　　　　欢乐涌动。
这一天，巴达拉姆
　　　　人人欢庆！

男人们拍手鼓掌，
女人们放声歌唱，
孩子们跳起舞来。

蝴蝶结领结随风摇摆，
萨米尔先生笑容满面，
　　和孩子们一起
　　　　转着圈圈。

拉缇卡看到村里
　　有了新水井，
　　　　高兴地
　　　拍起手来。

再也不用拖着疲惫的步伐
　　去河边打水，
再也不用手提沉重的水桶，
再也不用忍受脖子的酸痛。

拉缇卡跳呀，
　　蹦呀，
　　　像那些调皮的男孩一样。
拉缇卡欢笑，舞蹈，
　　　像那些无忧无虑的孩子一样。

庆祝结束

突然间……
　　村长
　　　　打断了一切。
他咄咄逼人的语气
以及他带来的坏消息
　　　　　　终结了
　　　　村民们的庆祝。

村长的手中

　　拿着……

　　　　一把镐头。

拉缇卡想当场逃离。

然而

　　她的

　　　　双腿

　　　　　僵硬得

　　　　　　不听使唤。

她的心怦怦猛跳，

以致她不能

　　　　　　思考。

村长将镐头

　　扔到拉缇卡妈妈面前，痛斥：

　　"有人在你家后面发现了这把镐头。小偷！"

拉缇卡的妈妈

　　把脸深深地

　　　　埋在双手中。

　　　　　　然后

　　　　　　　她

　　　　　　　　放声

　　　　　　　　　痛哭。

将要遭受怎样的惩罚?

拉缇卡挡到妈妈前面,

面对人群,

面对村长。

她的双手颤抖着，
她的双腿颤抖着，
她全身都颤抖着。

拉缇卡声音嘶哑，
开口了：
"我妈妈没有做坏事。
我也没有。
这把镐头……
不是我偷的，
而是我借来的。"

拉缇卡深深地吸了一大口气，
接着说：
"我借来这把镐头，
是因为我想像工程师一样，
建造……
有用之物。"

现在，拉缇卡说完了，

她得到解脱，

如释重负。

现在……

拉缇卡等待着。

她会遭受惩罚。

她知道这一点。

至于将要遭受怎样的惩罚，

拉缇卡不知道。

破碎的计划

村长
又开口大吼大叫。
他的话滔滔不绝,
他的话恶意满贯,
宛如洪流扑面袭来。

小偷!
　骗子!
　　无耻之徒!
　　　毫无教养!
　　　　罪大恶极!
　　　　　不可饶恕!

坚定

　且

　有礼，

萨米尔先生打断了

　　村长。

"麻烦您，麻烦您，

　我可以打断一下吗？"

萨米尔先生，

这位政府派来的重要代表，

朝拉缇卡打了个手势：

　　　　　　　"跟我来。"

拉缇卡

　穿过沉默的人群，

　穿过满是敌意的审视，

　穿过交叉的双臂间溢出的排斥。

拉缇卡

一脸沮丧。

因为她的错，

　庆祝活动

　　　仓促

　　　　　而

　　惨淡地

　　　结束。

更重要的是，

拉缇卡感到

　悲痛欲绝，

　因为

　一把没有藏好的镐头

　　将她

　　　美好而宏伟的计划

　　　毁得

　　　　　一干二净。

树上的蝴蝶结

坐在大榕树下，
　　远离人群，
　　远离村长恶毒的话语，
　　萨米尔先生问拉缇卡：
　　"你为什么要拿走那把镐头？"

萨米尔先生没有笑，
　　他的嘴角没有扬起，
　　他的双眼没有含笑。
然而，从他的话语中，
　　　拉缇卡感受到了
　　　　善意。

拉缇卡
低垂着头，
沉默
　　不语。

又一次，

萨米尔先生提出问题：

　　"你为什么要拿走那把镐头？"

拉缇卡低语道：

　　"妈妈说，不能跟政府派来的重要代表

　　提起羞耻之地，

　　那很不礼貌。

　　更别说他，那样优雅……"

萨米尔先生

　　冷静地

　　　　摘下

　　　　　蝴蝶结领结，

　　　　　　　并将它

　　　　　　　　高高抛了出去。

他抛得那样高，

以至于领结落在了

大榕树的

枝杈上。

这样不得体的举动

和

满不在乎的态度，

令拉缇卡

目瞪口呆。

萨米尔先生对拉缇卡说：

　　"请忘记我的身份。"

他接下来的话，

在拉缇卡听来

　　是那么简单，

　　又那么动听。

"别怕，我会听你说。"

拉缇卡张开嘴，

却发不出声音，

好像那些话语

拒绝被说出来。

拉缇卡掐着自己的胳膊，

　尽力开口，

　　想说出那些重要的事情，

　　　那些大家羞于启齿的事情。

为了冉吉妮

我借来镐头
是为了我的姐姐，
她会抬起脚，
踢向
　路上的小鸡，
踢向
　路上的山羊，
踢向
　路上的尘土，
　仿佛连尘土
　也将她羞辱。

我借来镐头
是为了我的姐姐冉吉妮，
她再也不能
　去上学。

白天，
她将愤怒藏起。
夜晚，
她将眼泪藏起。

这一切都是因为
我们的学校里
没有那个地方，
可以让我们……
　　　您知道的。

我借来镐头，
因为
努帕布拉姆
　　有厕所，
巴达拉姆
　　却没有。
这不公平。

犹豫·一

萨米尔先生
没有看拉缇卡。
他拿着一块小石头，
　　在手指间
　转来转去。

拉缇卡犹豫地问道：
"我可以继续说吗？"

萨米尔先生点了点头：
"说吧，我在听。"

为了外婆

我借来镐头
是为了我的外婆，
她在羞耻之地
　　被一只蝎子
　　　　蜇了一下。

从那时起，我的外婆
　　　　　高烧不退。
从那时起，我的外婆
　　　　　卧床不起。

这一切都是因为
巴达拉姆
没有那个地方，
可以让我们……
　　您知道的。

犹豫·二

萨米尔先生沉默不语。
他盘起腿来，
　研究起土地，
　　仿佛在土地里
　　　寻找着
　　　　答案。

拉缇卡犹豫地问道：
"我可以继续说吗？"

萨米尔先生点了点头：
"说吧，我在听。"

为了舅母尼塔

我借来镐头
　　是为了我的舅母尼塔。
她终日以泪洗面，
从白天到夜晚，
从夜晚到白天，
从她失去
　　她的小贾马尔那天起。

那时，贾马尔刚开始
蹒跚学步，
尼塔舅母
　　看到儿子
　　迈着小步
　　追逐小鸡，
　　笑得那么灿烂。
贾马尔刚开始
牙牙学语，

病魔就袭来，

令他高烧不退。

医生来了，

但他念叨的那些复杂的词语

帮不上我们的忙。

粪便。

卫生。

消毒。

感染。

寄生虫。

那些复杂的词语

就像谴责般

令人意志消沉，

令人无力抵抗。

尼塔舅母卖了三只山羊

换来买药钱。

但是一切

为时已晚。

贾马尔，我的小表弟
　再也不能
　迈着小步，
　　　追逐
　　　小鸡。

曾经那么开心
　那么活泼的贾马尔，
　不再欢笑，
　不再活泼，
　不再进食，
　直到停止了呼吸。

这一切都是因为
巴达拉姆
没有那个地方，
可以让我们……
　　您知道的。

犹豫·三

萨米尔先生还是没有看向
拉缇卡。
拉缇卡既不知道他在想什么，
也不知道自己该想什么。

她的说辞足够清晰吗？
　　是否有力，
　　是否动人，
　　是否足以解释……
　　　　　足以证明……
　　　　　足以说服……
拉缇卡犹豫地问道：
"我可以继续说吗？"

萨米尔先生点了点头：
"说吧，我在听。"

为了埋葬月亮

我借来镐头……
    是为了埋葬月亮。
    尽管我知道
    这是不可能的。
不过，倘若可以，
    我一定会将月亮埋葬。

萨米尔先生抬起头来，
问道：
"为什么？
    为什么……
        你想埋葬月亮？"

拉缇卡犹豫着不知该如何开口，
尽管萨米尔先生
    耐心地倾听着。

他没有嘲笑她……
　　嘴角没有扬起，
　　眼里也没有笑意。

拉缇卡心存恐惧，
　　　她不敢，
　　　她害怕信任错付，
　　　她害怕希望落空。

拉缇卡抬起头，
　　看到蝴蝶结领结
　　高挂在大榕树的
　　　枝头。

小小的蝴蝶结领结
　　摇曳在
　　　微风中，
　　　　这给了拉缇卡
　　　　勇气。

拉缇卡转过身
　　看向政府派来的重要代表，
　　　对他说：
"萨米尔先生，
　　如果您愿意，
　　　请跟我来，
我会带您看看
　　　为什么
　　　我想要
　　将月亮埋葬。"

在干草堆下

拉缇卡和萨米尔先生
一路沉默地走着。

突然，
拉缇卡走下小路，
　　　在一垛干草堆前
停下脚步。

她惭愧地
低声说道：
"除了镐头，
我还借来了这些木板。
但是，
村长不知道
　　　这件事。"

萨米尔先生

　没有说话，

而是用手掩住了嘴巴。

不过……

拉缇卡还是

　瞥见了

　　他没来得及

　　　掩住的

　　　一丝微笑。

那个村里的男人都不会去的地方……

拉缇卡把萨米尔先生带到了
　　那里。
那个村里的男人都不会去的地方，
那个羞耻之地。

她开口向萨米尔先生解释：
"巴达拉姆的所有女人
　都会到这里来。
　巴达拉姆的所有女孩
　也都会到这里来。
要么是在太阳升起之前，
要么是在太阳落山之后。
因为我们要……
　　您知道的。"

拉缇卡把手指指向天空，

接着说：

　"满月的时候，

　　感觉更糟糕。

月亮

　　散发的光芒，

　　　让我们无处

　　　　躲藏。

　　　　　我们的羞耻无处安放。

　"我讨厌月亮。

我想要……

　　将月亮埋葬。"

为了将羞耻埋葬

拉缇卡突然觉得
　　　　筋疲力尽。
将重要的事情，
　　尤其是那些大家羞于启齿的事情说出来，
　　　　　　　　原来这样令人疲惫。

她的双腿开始
　　　　颤抖，
她的嘴唇也在颤抖。
她怕自己会结巴，
但还是强迫自己说下去：

"您说过，
'工程师，就是建造
　　　　有用之物的人。'

"我也想像工程师那样

建造……

　　有用之物。

为了我的姐姐冉吉妮，

为了我的外婆，

为了我的舅母尼塔。

　　"为了其他像贾马尔一样的小孩

　　　　不再被寄生虫感染。

　　　　　疾病让他们

　　　　　　　　不能

　　　　　再追逐小鸡，

　　　　　疾病让他们

　　　　　没有机会长大。

　　"我也想像工程师那样

　　建造……

　　　　有用之物。

为了我自己，

为了将我的羞耻

　　埋葬。”

拉缇卡深深地吸了一口气，

接着说：

“借镐头……

　借木板……

　挖洞……

　　这一切……

　　都是……

　　　为了

　　　建造……

　　　　一间

　　　　厕所。”

两人分享一块口香糖

萨米尔先生将手伸进
　　上衣的口袋，
掏出
　　一块口香糖。
"只剩下这一块了，我们分享吧！"

不等拉缇卡回答，
他就将口香糖分成了两半，
一半留给自己，
一半递给拉缇卡。
萨米尔先生郑重其事地
开口说道：

"你有没有想过
　　月亮
　　或许可以成为
　　　你的朋友呢？"

134

拉缇卡没有回答。

　　和月亮做朋友？

她不相信这一点。

萨米尔先生接着说：

"月亮散发光芒，

　　让你能够躲开路上的坑洞，

　　避开某些危险，

　　　　比如

　　　　　　踩到

　　　　　　　　一只蝎子。"

政府派来的重要代表
　　凝视着眼前的土地，
　　向女孩吐露自己的往事：

　"从很小的时候起，
　　我就非常害怕
　　　　　毒蝎子。

　"如果我必须
在夜晚
　　来到
　　这里，
一想到可能遇到毒蝎子，
　　我也会
借把镐头，
　　说不定还要借两把呢。"

萨米尔先生转向拉缇卡，说：

"你是一个

　　非常

　　非常

　　勇敢的小女孩。"

萨米尔先生对她露出微笑，

他笑起来时，

　　嘴角扬起，

　　双眼含笑！

面对这样的笑容，

拉缇卡不禁

　　笑起来，

　　　眼泪

　　也同时

　　落下来。

水稻生长，小鸡也在长大……

村子里又恢复了往日的平静，
大榕树开花了，
水稻长高了，
小鸡长大了，
生活还在继续。

每天早上，
拉缇卡再也不用
　　匆匆忙忙，
再也不用
　　为了避开
　　那些无忧无虑的男孩
　　而绕远路。
从今往后，
　　她想打水
　　　只需要
　　　　到井边去。

外婆不再发烧，
　　但依然
　　　无力
　　　　起身。

尼塔舅母不再哭泣，
　　但依然不停地
　　　　重复着令人难过的话语，
　　　　重复着无法实现的愿望。

冉吉妮不再抬起脚，
踢向
　　路上的小鸡，
踢向
　　路上的山羊，
踢向
　　路上的尘土。

但她依然没有笑容，
　　　　也依然
　　　没再唱歌。

每个夜晚，
村里的女人
依然
要
前往
羞耻之地。

每个夜晚，
拉缇卡依然
　　不住嘟囔，
　　低声埋怨，
　　　想要
　　　　将月亮埋葬。

红色的大卡车又来了

后来，在一个晴朗的早晨，
　那辆山一样的
　红色卡车
　又来到了巴达拉姆。

村里的孩子们
　　像一只只离群的山羊，
　　　　　　　兴奋地
　　　　　　奔向卡车。

拉缇卡跳了起来。
她原本在剥豌豆荚，
　　这一跳
　　让豌豆
滚落到地上。

拉缇卡跑了起来，
快得
几乎
　　像风一样。

一个男人
　　走下卡车。
　　　他穿着白衬衫。

啊！

不！

不！

不！

拉缇卡难以掩饰

　　　自己的沮丧

　　　　　和失望。

眼前的男人没有戴

　　蝴蝶结领结，

眼前的男人没有笑，

　　嘴角没有扬起，

　　双眼没有含笑。

眼前的男人

　　不是萨米尔先生。

拉缇卡掐住自己的胳膊，

　　竭力忍住想哭的冲动。

村长走向
　　陌生人，开口道：
　"欢迎来到巴达拉姆。"

陌生人严肃
又庄重地问道：
　"拉缇卡在哪里？"

村长
　　摇摇头，
　　从左晃到右，
　　从右晃到左。
他
　　既惊讶，
　　又不满，
　　犹豫不安。

拉缇卡惊恐万状，
　　　　不敢应声。

没人注意到，

拉缇卡悄悄地

向冉吉妮靠近。

没人注意到，

姐姐

握住了

妹妹的手。

这位政府派来的重要代表

　　走向拉缇卡，

　　递给她一封信，

　　说道：

"萨米尔先生原想

亲自过来，

但由于公务，

他必须去首都。"

拉缇卡颤抖着双手，

　　　　打开了信封。

信上的文字

在她那盈满泪水的双眼前

跳动。

轻轻地，冉吉妮

接过信，

高声念了出来……

请接受我诚挚的钦佩之心

亲爱的拉缇卡：

我祝贺你
想要成为一名工程师。

我祝贺你
想要建造一些有用之物。

你敢于开口说出
一些重要的事情……
那些大家都羞于启齿的事情。
你敢于坦率地谈论羞耻。
我祝贺你
拥有这样的勇气。

亲爱的拉缇卡，

月亮是那么美丽，

但你想要将它埋葬。

我为你送来砖块和木头，

　　为了建造……你知道的。

我希望这能帮你……

　　　　爱上月亮。

　　请接受我诚挚的钦佩之心

　　　　萨米尔先生

赶走羞耻

从红色的卡车上，
巴达拉姆的村民们搬下
　　许多水泥，
　　许多砖块，
　　许多木板。
村长说：
"怎么有这么多东西？
这些东西要用来做什么？"

陌生人到这里后，
第一次露出了笑容，
他说：
"拉缇卡比我更适合
　　　回答这个问题。"

这一次，

拉缇卡不再因村长

　　　恼怒的脸色

　　　　而胆怯。

她用清脆

且有力的声音

　　高声宣布：

"这些东西都将用来建造

　　　　　厕所！

这些东西都将用来赶走

　　　　　羞耻！"

和月亮做朋友

高高的夜空中，
繁星密布，
一轮月亮
圆圆的，
　散发出
金色的光芒，
它默默地观察着
　　一个开心的
　　　　小女孩。

拉缇卡
仰起头，
露出微笑，
嘴角扬起，
双眼含笑。

拉缇卡想要

　亲吻

　　月亮的

　　　每一寸。

世界上有许多地方没有厕所，
这是一个严峻的问题

在加拿大，厕所随处可见。因此，我们难以想象，世界上仍有许多地方的人需要到屋外上厕所，比如田野、灌木丛或者河边。然而，这就是现实。

在全世界，有一半以上的人口生活在没有厕所的地方。也就是说，地球上有35亿人家中没有设施完备的厕所，有些人家只有简易的茅厕或简陋的棚屋，并且没有流水。因此，这些人难以用更安全、更卫生的方式处理排泄物。

其中，有4亿多人甚至只能在露天环境中上厕所。

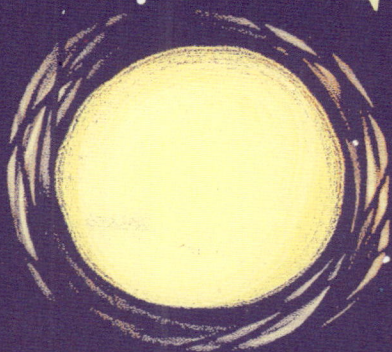

许多国家都有这样的情况，如埃塞俄比亚、印度、印度尼西亚、莫桑比克、尼泊尔、尼日尔、尼日利亚、巴基斯坦、苏丹、也门等。

厕所和健康情况有联系吗？当然有。一些致命性传染病易在不卫生的环境下传播，厕所可以有效阻断这些病毒的传播，拯救人们的生命。成千上万的人们到田野、河边去上厕所后，周边的环境就会变成一个露天的污染源。他们的排泄物会污染水源，导致一些疾病肆虐，如腹泻、霍乱、痢疾、肝炎、伤寒等。每年，世界上都有成百上千的儿童死于不卫生的环境或因饮用被污染的水源而染上的疾病。

厕所和安全有联系吗？当然有。在世界上的一些地方，由于没有厕所，女人和女孩必须在夜晚出门上厕所，而且她们需要走一段很长的路才能在田野中找到可以让她们使用的角落。她们因此被暴露在更多的危险之中，如可能会遇到毒蛇、毒蝎子，或是遭到侵犯。

厕所和教育有联系吗？当然有。在世界上，每5所学校中就有一所学校没有厕所。在一些地方，这样的情况对于处在青春期的女孩们来说尤为严峻。因为大多数情况下，她们在来月经后就必须辍学。

过早辍学还会导致一系列严重的后果。例如妈妈的受教育程度越低，她就越不容易凭借知识和资源去谋生并养育她的孩子。反之，母子的生存情况都会很严峻。厕所和贫穷之间也有联系，虽然这或许令人觉得奇怪，但干净的厕所和洁净的饮用水确实属于解决贫困问题的具体措施。

对许多人来说，"厕所"这个词就像一个禁语。然而，如果我们尽力为缺少的基础卫生设施发声，那我们或许就可以帮助一些正被这类问题困扰的人。

　　每年的11月19日是世界厕所日。这个节日或许会令人发笑，但设立它的目的就是引起人们的关注，让人们注意到这样一个严肃的公共卫生问题。

　　注：文中数据源自《世界卫生组织/联合国儿童基金会供水和卫生环境部门联合监测方案》（2023）

图书在版编目（CIP）数据

月亮照耀的地方 /（加）安德烈·普兰著；（印）索
纳莉·祖赫拉绘；张雨婷译 . -- 昆明：晨光出版社，
2025. 2. -- ISBN 978-7-5715-2598-9

Ⅰ . I711.84

中国国家版本馆 CIP 数据核字第 20241NG217 号

Original edition published in French under the title Enterrer la lune, by la courte échelle, an
imprint of Groupe d'édition la courte échelle inc.
Copyright © la courte échelle 2019
The Simplified Chinese translation rights is arranged through Livre Chine Agency.

著作权合同登记号　图字：23-2021-180号

YUE LIANG ZHAO YAO DE DI FANG
月亮 照耀 的地方

〔加〕安德烈·普兰　著
〔印〕索纳莉·祖赫拉　绘
张雨婷　译

出版人　杨旭恒

项目策划　禹田文化
版权编辑　张晴晴
责任编辑　李　洁
项目编辑　刘莎莎
营销编辑　赵　莎
封面设计　尾　巴
内文设计　史明明
责任印制　盛　杰

出　　版　晨光出版社
地　　址　昆明市环城西路 609 号新闻出版大楼
邮　　编　650034
发行电话　（010）88356856 88356858
印　　刷　固安兰星球彩色印刷有限公司
经　　销　各地新华书店
版　　次　2025 年 2 月第 1 版
印　　次　2025 年 2 月第 1 次印刷
开　　本　145mm×210mm 32 开
印　　张　5.5
ISBN　978-7-5715-2598-9
字　　数　88 千
定　　价　28.00 元

退换声明：若有印刷质量问题，请及时和销售部门（010-88356856）联系退换。